A Marc, Yuna, Adriel
y sus ocurrencias increíbles.

Susanna Isern

A mi querido papá, que estaba lleno de entusiasmo
e ideas fantásticas. Siempre estarás en mi corazón.

Sonja Wimmer

Bogo Quierelotodo
Colección Somos8

© del texto: Susanna Isern, 2015
© de las ilustraciones: Sonja Wimmer, 2015
© de la edición: NubeOcho, 2016
www.nubeocho.com – info@nubeocho.com

Correctora: Daniela Morra

Primera edición: 2016

ISBN: 978-84-944446-5-4
Depósito Legal: M-39729-2015
Impreso en China

BOGO
QUIERELOTODO

Susanna Isern
Sonja Wimmer

nubeOCHO

Allí, entre las ramas de
ese gran árbol, vivía
Bogo el Zorro.

Eso es raro para un zorro,
pero él era **muy curioso**
y desde allí arriba podía
ver todo mejor.

Observaba todo lo que le rodeaba. En el bosque vivían **muchos animales,** algunos de ellos eran tan **increíbles** que hacían que Bogo no se sintiera muy especial.

Un día decidió que inventaría **cosas asombrosas** para poder tener todo lo que quisiera.

El **primer invento** de Bogo fueron unas
alas para volar como los **pájaros**.

Usó ramas y plumas de lo más variopintas,
incluso tenía una de águila, o al menos eso
le había asegurado **Agapita, la golondrina
vuelamundos**.

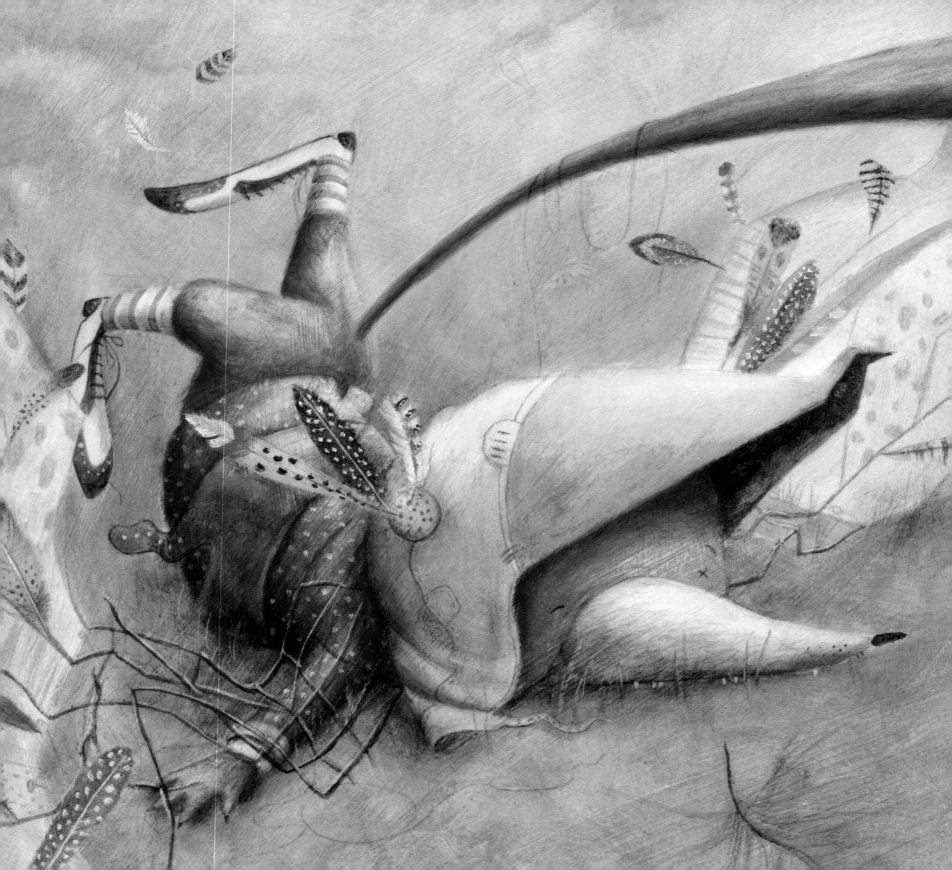

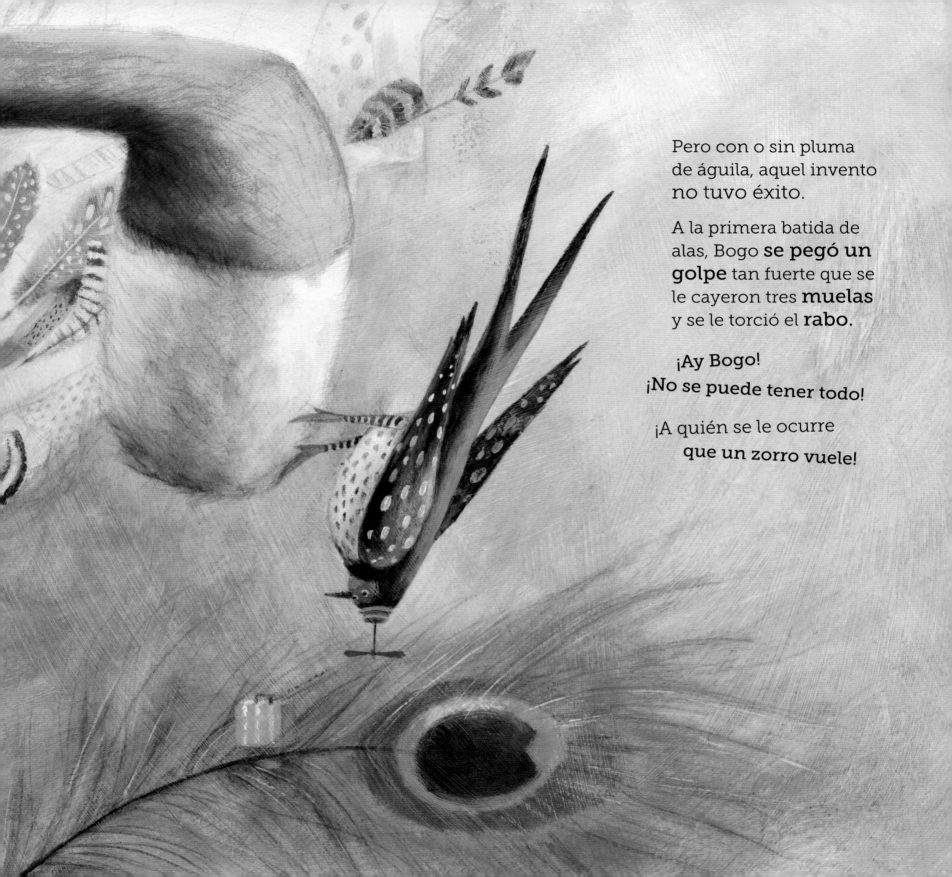

Pero con o sin pluma
de águila, aquel invento
no tuvo éxito.

A la primera batida de
alas, Bogo **se pegó un
golpe** tan fuerte que se
le cayeron tres **muelas**
y se le torció el **rabo.**

¡Ay Bogo!
¡No se puede tener todo!

¡A quién se le ocurre
que un zorro vuele!

El **segundo invento** de Bogo fueron unas **lentes exclusivas** para ver en las noches sin luna como **la lechuza.**

Utilizó un cristal fabricado con **lágrimas de murciélago,** o al menos eso le había asegurado **Lolo, el oso** que hibernaba en las cuevas más tenebrosas.

Pero con o sin **lágrimas de murciélago** aquel invento fue un desastre.

Al primer paso a oscuras, Bogo **se tropezó** con una cazuela, se cayó al río y pescó un buen resfriado.

¡Ay Bogo!
¡No se puede tener todo!

¡A quién se le ocurre **que un zorro use lentes!**

El **tercero** fueron unos **zancos** para saltar tan alto como
las **ranas.** Pero a pesar de haber utilizado unos espirales
fantásticos, aquel invento tuvo un **contratiempo.**

Al primer salto Bogo **se estrelló** contra un árbol,
se dio tal golpe que cayó desmayado.

¡Ay Bogo!
¡No se puede tener todo!

¡A quién se le ocurre
que un zorro salte tan alto!

El **cuarto** fue un **caparazón** para protegerse como las **tortugas**. Pero a pesar de haber utilizado polvo de roca, aquel invento, mala historia.

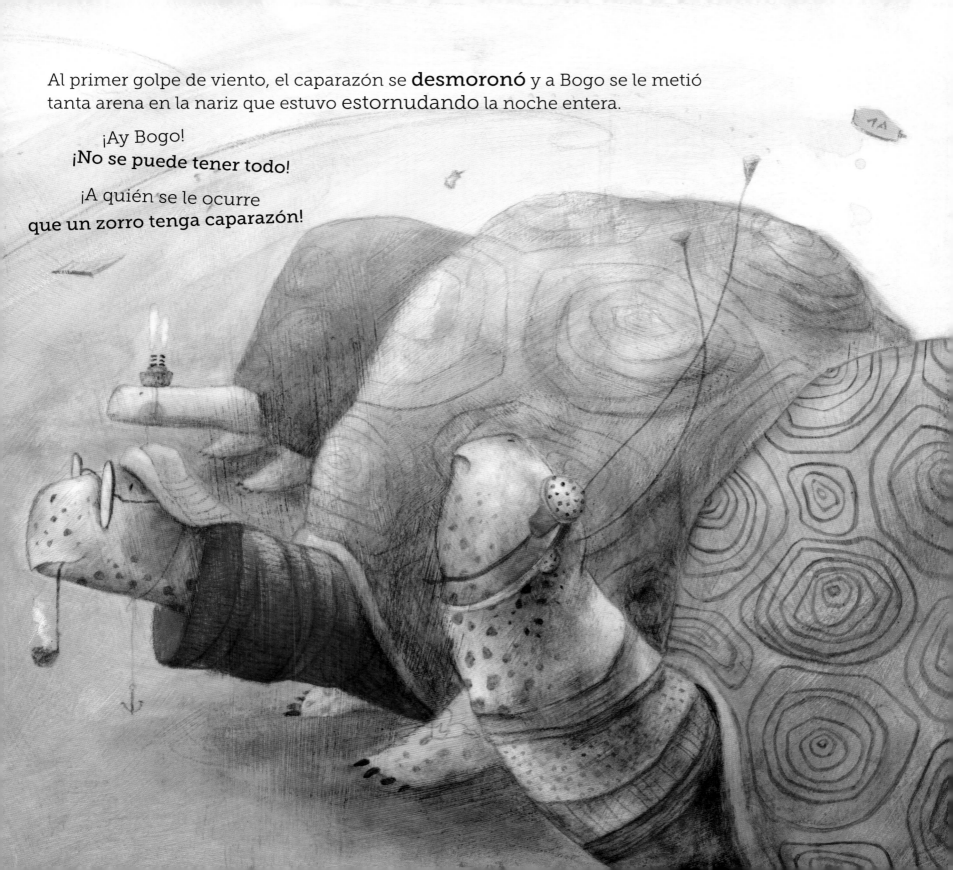

Al primer golpe de viento, el caparazón se **desmoronó** y a Bogo se le metió tanta arena en la nariz que estuvo estornudando la noche entera.

¡Ay Bogo!
¡No se puede tener todo!

¡A quién se le ocurre
que un zorro tenga caparazón!

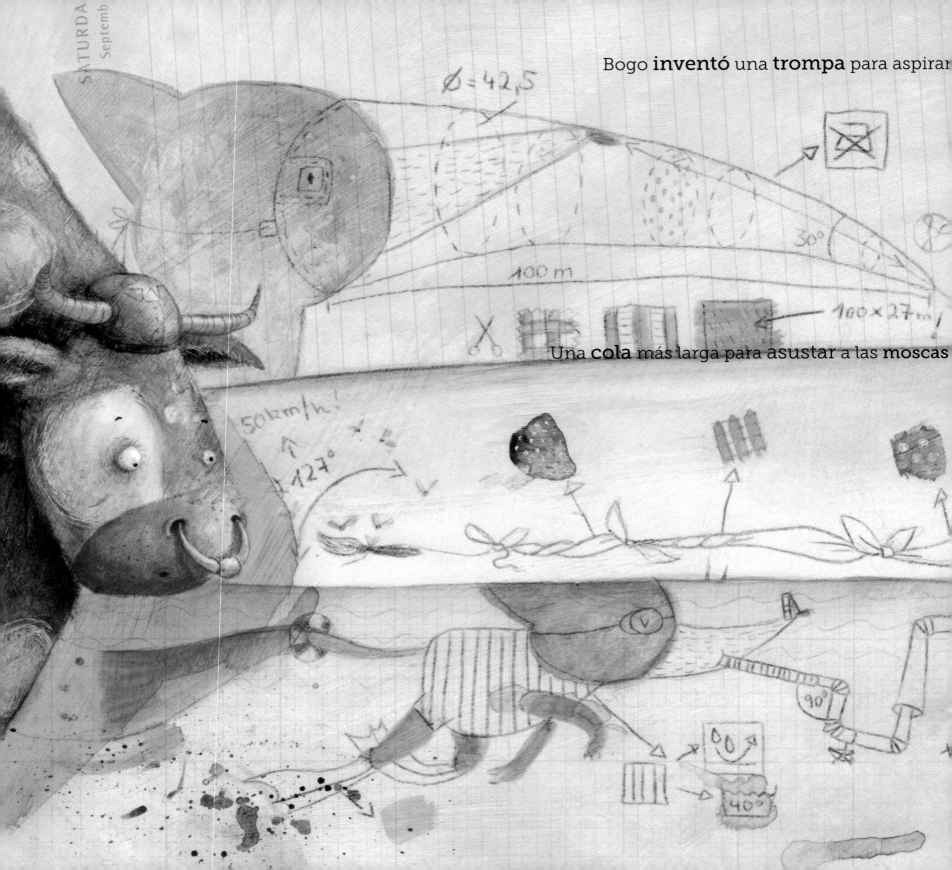

Bogo **inventó** una **trompa** para aspirar

Una **cola** más larga para **asustar** a las **moscas**

como el **oso hormiguero**. Jamás funcionó.

En cuanto se la puso, se le cayó.

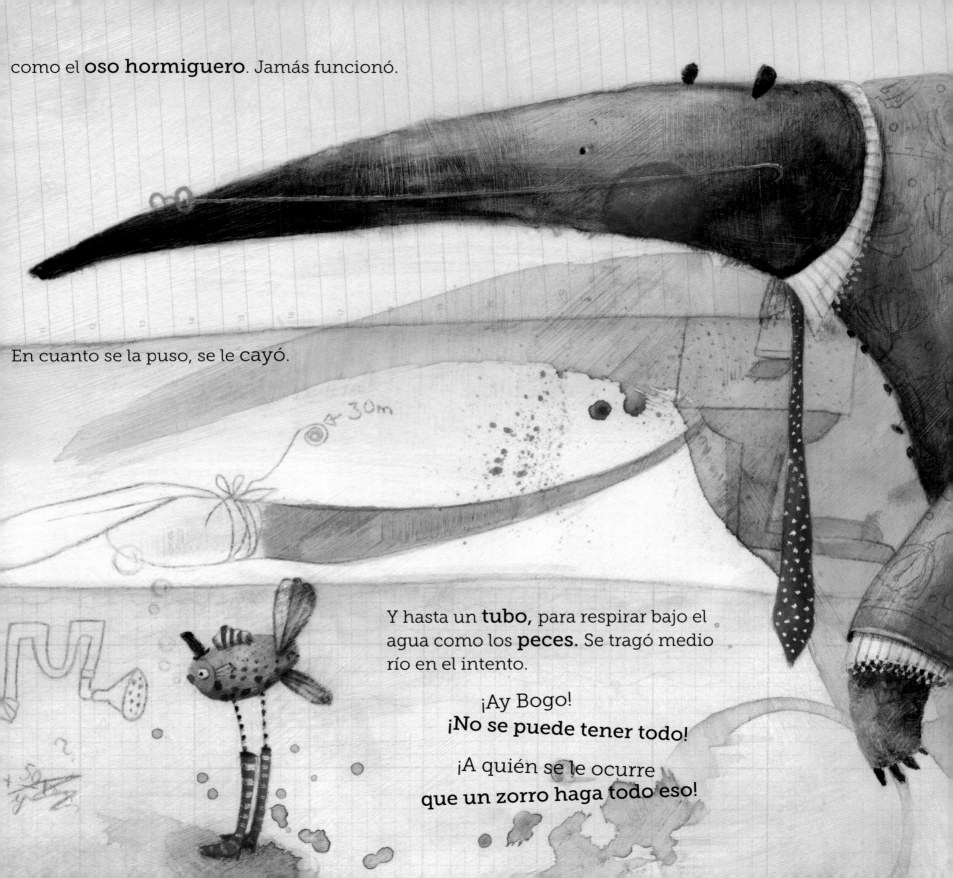

Y hasta un **tubo,** para respirar bajo el agua como los **peces.** Se tragó medio río en el intento.

¡Ay Bogo!
¡No se puede tener todo!

¡A quién se le ocurre
que un zorro haga todo eso!

Fueron tantos los **inventos fracasados** que Bogo decidió dejar de intentarlo. Creía que él no tenía nada especial y que nunca podría tenerlo. Y eso lo puso **tan triste** que se pasaba el día metido en casa, sin siquiera mirar por la ventana.

Los animales del bosque estaban **preocupados por él**. Además extrañaban sus ocurrencias.

Una noche llegó **silencioso** al bosque un **grupo de lobos**. Bogo, que dormía con la ventana abierta, los detectó de inmediato.

—Manada, si no me equivoco aquí huele a **ratón**, a **tortuga**, a **oso** grandullón y a muchos otros **manjares** —susurró el jefe Lobo relamiéndose.

Rápido y sigiloso Bogo avisó a tiempo a los animales para que se ocultaran en un lugar seguro.

Los lobos **buscaron** hasta en los **rincones** más insospechados del bosque, pero estaban todos tan bien **escondidos** que no encontraron nada. Cuando comenzó a amanecer, se fueron de allí.

A la mañana siguiente todos hablaban de lo
que había ocurrido la noche pasada:
—¿Cómo descubriste a los lobos? —Los olí.
¡Ay Bogo!
¡Qué gran invento tu
nariz de zorro!

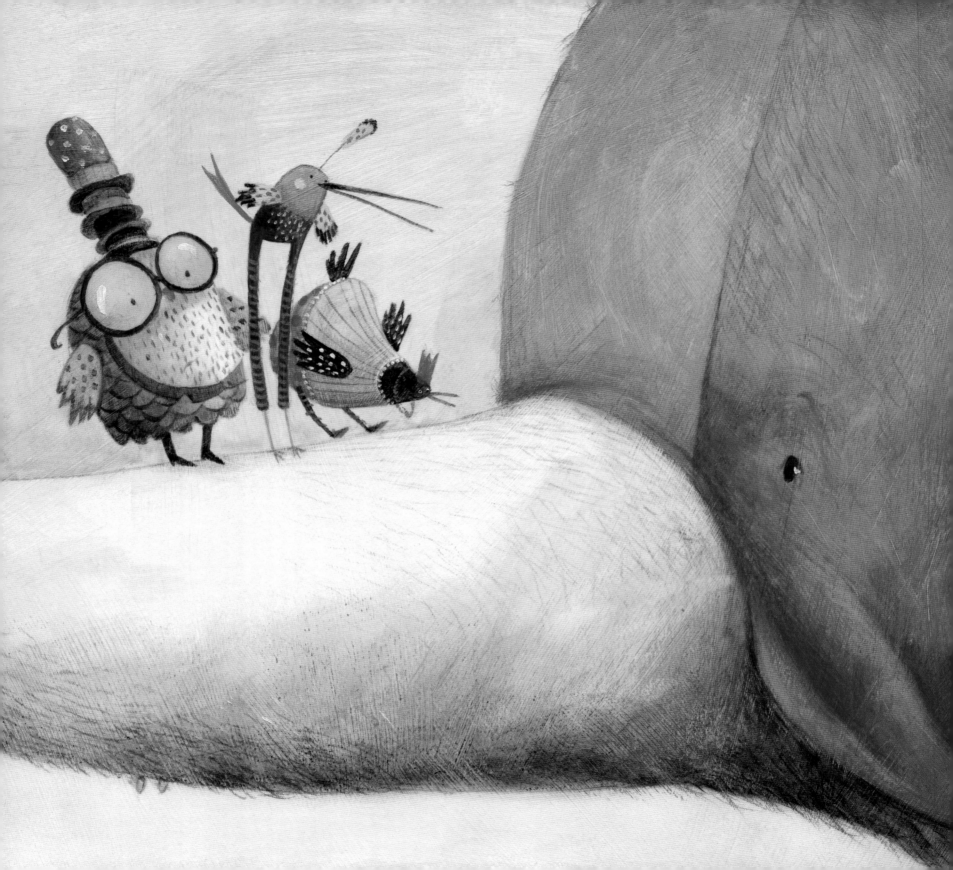

—¿Cómo sabías que querían comernos?
—También los oí **murmurar**.

¡Ay Bogo!
¡Qué gran invento tus
orejas de zorro!

—¿Cómo se te ocurrió venir a avisarnos?
—¡Era **necesario**!

¡Ay Bogo!

¡Qué gran invento tu

astucia de zorro!

—Y, ¿cómo te las arreglaste para avisarnos sin ser descubierto?

—¡Corrí lo más **rápido** que pude intentando no hacer ruido!

¡Ay Bogo!

¡Qué gran invento tus

patas de zorro!

Así fue como Bogo se dio cuenta de que él también tenía un montón de cosas especiales.

A partir de entonces y a pesar de que nunca funcionaban, siguió con sus **disparatados** inventos pues era algo que le encantaba.

¡Ay Bogo!
¡Nunca cambies!
¡Cómo nos gustan tus

ocurrencias de zorro!

SATURDAY
September 5